la formiga

la formiga

Altres títols publicats a La Formiga Vermella - A partir de 10 anys

12. *Otto, el nen que va arribar amb la neu.* Laia Longan / Jordi Vila Delclòs
14. *El petit home llop.* Cornelia Funke
18. *L'arbre de les històries.* Eulàlia Canal / Bartomeu Seguí
21. *Poemes i haikus de sant Jordi, princeses i dracs.* Montse Ginesta
23. *Una mort massa salada.* Jaume Cela i Juli Palou / Pep Brocal
27. *En Lluc i en Fred DeSucre a l'illa invisible.* Laia Longan / Tha
28. *El somriure de la Natàlia.* Rodolfo del Hoyo / Oriol Malet
32. *La guia fantàstica.* Joles Sennell / Montse Tobella
35. *Assassinat fora de temporada.* Jaume Cela i Juli Palou / Pep Brocal
40. *L'arbre que no podia dormir quan mirava les estrelles.* Albert Güell i Juanola / Glòria Falcón
42. *Un secret a les butxaques.* Tessa Julià Dinarès / Anna Clariana
47. *El món és ple de desagraïts!* Anna Gasol / Eric Villa
49. *Abril és nom de primavera!* Núria Pradas / Òscar Julve
51. *L'impostor. La fantàstica història de Joles Sennell* Pep Albanell / Oriol Malet
54. *Julivert amb diamants.* Teresa Duran / Montse Fransoy
56. *Jo que vaig dormir amb lleons.* Laia Longan / Sonja Wimmer

Hi ha unes *Propostes didàctiques*, referides a aquest llibre, que els ensenyants poden descarregar-se de manera gratuïta des de la pàgina web www.animallibres.cat.

Apartat de correus 6141
08080 Barcelona
www.animallibres.cat
Disseny de la col·lecció: Enric Solbes
Impressió: Guada Impressors

1a edició: novembre, 2009
4a edició: novembre, 2014
ISBN: 978-84-96726-69-7
DL: V-4611-2010

Eulàlia Canal

L'arbre de les històries

Dibuixos de Bartomeu Seguí

la formiga

Per la Clara,
un petó

animallibres

Els arbres són poemes que la terra escriu sobre el cel.

Khalil Gibran

1
La nit de Reis

Era la nit de Reis i queia una neu fina com un polsim de sucre.

A les cases, algunes ombres silencioses traginaven paquets.

Els carrers eren buits. O gairebé buits.

Vaig travessar el carrer en direcció a la biblioteca. Havia recordat que la finestra de la sala havia quedat oberta. No volia que el fred entrés a dins i que els llibres arrepleguessin un refredat.

Les meves botes deixaven les empremtes a la neu. De sobte, al costat de les meves petjades vaig veure unes empremtes menudes que es dirigien cap a la biblioteca. Potser eren d'un gat o...

Vaig alçar la vista, hi havia una ombra estranya i immòbil davant la porta de la biblioteca. Què podia ser?

Vaig somriure tot pensant que potser els Reis, encara que jo ja fos gran, m'havien deixat un sac de carbó.

A tres passes de l'entrada vaig distingir uns peus nus i uns cabells llargs.

Era una nena que seia a la porta de la biblioteca i s'abraçava les cames amb els braços.

Tenia glaç a la punta dels dits i els cabells gebrats.

Una esgarrifança em va recórrer l'espinada.

Vaig obrir la porta de la biblioteca i la vaig convidar a entrar. Vaig córrer a tancar la finestra i a encendre l'estufa. Li vaig donar una manta.

Els seus cabells van retrobar el color i els llavis, el somriure.

Aquell somriure, aquells ulls em recordaven vagament algú, però els meus records sovint eren esgrogueïts i boirosos.

Aleshores vaig dir:

–Jo em dic Jonàs, i tu?

Ella em va mirar. Tenia els ulls negres com la nit i la pell blanca com la llet.

–Em dic Lluna.

–Lluna... és bonic!

–I doncs, que t'has perdut? –vaig preguntar.

Va fer que no amb el cap i va dir:

–Busco l'arbre de les històries.

L'arbre de les històries! Em vaig sentir commogut per aquelles paraules, com si em retornessin d'un somni llunyà.

L'arbre. Al bell mig de la sala de la biblioteca s'hi alçava un arbre, gruixut i fort com un roure. Creixia amunt desplegant-se amb centenars de branques. Ningú no s'explicava com aquell arbre podia viure entre quatre parets. Era un misteri. Havia aparegut de sobte una nit i les arrels havien trencat les rajoles. Eren coses que passaven quan la Itsar era al meu costat i la seva veu omplia la biblioteca d'històries. De màgia, també.

Les bones històries són com llavors, poden prendre vida en qualsevol moment, deia ella.

D'això, ja feia uns quants anys.

La Lluna es va aixecar i es va acostar al tronc.

Després va passar els seus dits petits per les arrugues de l'escorça i va dir:

–És just el lloc que buscava.

Es va enfilar arbre amunt fins al primer replà de branques, va estirar el cap mirant enlaire i es va adormir sense pronunciar ni un mot més.

2

Càpsules de lectura

Em vaig pessigar. Aquella criatura era real o estava somiant? D'on diantre havia sortit? On eren els seus pares? Què era això de l'arbre de les històries? I què se suposava que havia de fer jo? Desitjava despertar-la i cosir-la a preguntes.

M'hi vaig apropar per fer-ho, però la seva respiració desprenia tanta placidesa i quietud que no em vaig veure amb cor de trencar-li el son.

Per sort, l'endemà era festa, el dia de Reis, i ningú no m'esperava enlloc. Tenia molt de temps per pensar.

–I tu què mires? –vaig dir al mico del llibre que havia quedat obert als peus de l'arbre–. Segur que ha estat el Nanuk que t'ha deixat aquí. Sempre ho deixa tot escampat com si fos a casa seva. El proper dia no el deixaré entrar –vaig remugar.

Tot i així, sabia que sí, que el deixaria entrar, i encara més si era l'hora del conte.

L'hora del conte era un moment màgic.

Almenys, ho havia estat.

Ara semblava que tots plegats tenien coses molt millors per fer. Això a vegades m'entristia, però ben mirat en tenia prou amb el Nanuk i el Juli. Ells no hi faltaven mai.

Ni la Lina, és clar.

La Lina, la mestra de l'escola de Bufapolls, era la persona que més utilitzava la biblioteca del poble.

Què passaria el dia que no vingués ningú? Això, no volia ni pensar-ho.

A Bufapolls havien canviat moltes coses últimament. Massa.

Tot havia començat amb la gran notícia a la premsa:

Ben aviat, les llibreries i les biblioteques desapareixeran. Els llibres seran substituïts per les innovadores càpsules de lectura.

Jo vaig riure. No m'ho volia creure, però la gent del poble que havia estat a ciutat explicava això de les càpsules. Cada càpsula era un llibre. Triaves el llibre i només calia que t'empassessis la càpsula, glup, en cosa d'un segon. Era la ximpleria més gran que havia sentit mai.

I després, aquell local cibernètic just davant de la biblioteca. Cada tarda s'omplia de canalla. Pantalles i jocs. Poca conversa i molt soroll.

Res més lluny del silenci plàcid que respiraven els llibres.

Res més lluny de tot allò que em va ensenyar la Itsar.

Em vaig tornar a mirar la Lluna i vaig sospirar.

Jo ja no podia tenir cura de ningú. Si aquella nena hagués vingut quan hi havia la Itsar i res m'esgarrapava l'ànima, aleshores sí, però ara...

3
El bagul del tresor

Em vaig apropar al bagul del racó. El meu secret. El tresor. El bagul on guardava els llibres més màgics i, també, les històries que em contava la Itsar i que jo mateix havia escrit.

El Nanuk em preguntava moltes vegades què hi guardava. Jo li deia que eren llibres vells i malendreços.

I ell, tossut:

–I per què els tens tancats amb clau?

I jo cada vegada m'havia d'inventar alguna cosa. Un dia li vaig dir que hi havia ratolins i que no volia que es passegessin per la biblioteca.

Això encara va empitjorar les coses, i sovint em deia:

–M'agradaria tant conèixer aquests ratolins!

O bé:

–Podríem convidar els ratolins a escoltar el conte, què et sembla?

El Nanuk és així. Ja l'anireu coneixent.

Vaig comprovar que la Lluna dormia, em vaig treure la clau de la butxaca i vaig obrir el bagul.

Vaig escollir el conte del *Peter Pan*. Aquell nen inquiet que no volia créixer i que sempre tenia el cap ple d'aventures i somnis.

Vaig obrir el llibre i ell, ràpid com un llamp, no va tardar ni un segon a aparèixer. Jo vaig anar de dret al gra:

–I tu, Peter Pan, què en faries, d'una criatura com aquesta?

La va mirar i la va olorar, i després, amb un somriure entremaliat, va dir:

–L'ensenyaria a volar. Potser és una fada.

Allò no em servia. Com sempre, el Peter Pan feia volar coloms.

Vaig tancar el llibre i vaig agafar el llibre de *Charlie i la fàbrica de xocolata*. El Charlie, que era un nen d'allò més assenyat i responsable, potser ho sabria. L'olor de xocolata em va entrar al nas. Em reconfortava. Em vaig llepar els llavis. Mmmm, que bona!

–Bon dia, Jonàs! –era la veu del Charlie.

–Hola, Charlie! I tu, coneixes aquesta nena?

El Charlie va treure el cap per mirar-la i va dir:

–Sembla un àngel. Jo compartiria amb ella la meva xocolatina.

–Un àngel! Ets un ingenu, Charlie.

Aleshores, una veu va fer darrere meu:

–Jonàs!

–Ah, no, Mary Poppins dels plugims, tu no, ja sé què em diràs.

La Mary Poppins, la mainadera que tots els nens desitjarien tenir, obria el seu llibre amb el paraigua i sempre tenia coses a dir.

–Jonàs, necessites una brúixola.

–Una brúixola? I què diantre vols que en faci, d'una brúixola?

–Fer la volta al món en un minut...

–Quin mareig!!!

Vaig tancar el llibre de la Mary Poppins per no sentir-la, i el vaig posar a sota de tot.

–Estic perdut –vaig remugar.

–Ep, perdut? –va fer una veu des del fons del bagul–. Quina paraula és aquesta? Au, anem a fer una coca per esmorzar.

Era la Pippi. La Pippi Langstrump, la nena més esbojarrada i divertida que he conegut mai. Sempre sortia del lloc menys esperat. A dins del seu llibre, hi parava ben poc.

–No puc pensar en coques, amb aquesta nena aquí –li vaig dir.

–Si té son, deixa-la dormir. Aquesta criatura fa cara de saber el que es fa.

–Potser tens raó, Pippi, estic tan cansat!

A fora clarejava. Vaig tornar a tancar el bagul i em vaig asseure a l'arrel de l'arbre. I un son llarg i dolç em va raptar.

Molt llarg.

4
Em presento: Nanuk, el superguardià

Sóc el Nanuk, jo.

Us vull explicar tot el que va passar quan vam conèixer la Lluna.

Bé, m'agradaria explicar moltes més coses, però el Jonàs m'ha dit que no cal que expliqui la meva vida, ni tampoc aquell acudit tan bo del gos que es deia No-ho-sé, ni el que he somiat avui. De tot això, res. Només el que té a veure amb la Lluna.

I els llibres, és clar.

Ho intentaré.

Començo.

L'endemà de Reis vaig anar a la biblioteca.

Era l'únic lloc del món on no m'avorria mai.

Al bar, sí.

Els meus pares tenen un bar i sempre toca obrir-lo. Peti qui peti, sigui dia de feina o de festa, obren el bar. Per això es diu així: Bar Petiquipeti. El pare diu que ha d'obrir, que no pot deixar els clients sense el cafè, ni sense les maquinetes que giravolten, ni sense la pantalla gegant per veure el partit, les notícies o el temps...

Ups, ja me n'anava, ho sento, això no toca.

La biblioteca, deia. La porta era tancada i vaig trucar.

Des de fora vaig veure el Jonàs assegut a l'arrel de l'arbre.

Quins llocs per posar-se a dormir, l'home!

Em va venir a obrir. Caminava de puntetes. Estava realment estrany. De seguida vaig saber que li'n passava alguna. Jo sóc molt bo endevinant coses. Les veig a venir, sabeu? Ja sé que és lleig dir coses bones d'un mateix, però més lleig és mentir. O això penso jo.

—Bon dia, Jonàs! —vaig fer amb la veu ben normal.

NORMAL, ni alta ni baixa. Us ho asseguro. Altres vegades crido, és cert, però aquell dia no. Hi havia massa neu al carrer i la neu és molt silenciosa. El Juli un dia em va explicar allò de les allaus.

Ja ho sabeu: si crides dalt de la muntanya, la neu tremola i comença a baixar fent una bola que creix i creix i et pot aixafar.

Ups, on era?

Ah, sí, la biblioteca.

I el Jonàs em va dir:

—Pssst, silenci, la podries despertar.

—Qui? El ratolí, potser?

(No li agrada gens que li parli dels ratolins, però jo faig broma.)

Ell em va assenyalar l'arbre. Vaig veure uns peus menuts i m'hi vaig apropar. Era una nena que dormia.

Volia enfilar-me per veure-la millor, però el Jonàs no em va deixar.

—D'on ha sortit? —vaig preguntar.

—Això voldria saber jo! —va exclamar ell—. I tu?

—Jo? He vingut a escoltar el conte.

—Però si avui és el dia de Reis! No hauries de ser a casa amb els teus pares?

—El dia de Reis era ahir, Jonàs.

—Però no és possible..., així... això vol dir que... he dormit tot un dia i una nit, i ella també, potser no respira...

—Tranquil, Jonàs, sento com respira.

A vegades el Jonàs s'esvera per no res. I, com que em feia patir veure'l patir, li vaig dir:

—Somia.

I ell:

—Deu estar morta de gana, pobra criatura!

—Vols que et digui què està somiant?

—I com pots saber-ho tu, això?

Ja hi som. Els grans sempre dubten dels petits, diguis el que diguis, ells dubten, com si fóssim un acudit o alguna cosa semblant.

—Si em deixes pujar a l'arbre, t'ho dic.

—No, podries caure i fer-te mal, i saber els somnis dels altres no és pas possible.

Bé, no li vaig dir que per a mi sí que era possible, que només em calia posar l'orella al cervell de l'altra persona i connectar-hi telepàticament. Increïble, oi? No és que jo ho hagi fet encara, però ho faré.

No li vaig dir res d'això. No volia que em comencés a dir que tinc pardals al cap, que no toco de peus a terra o que la imaginació em perd. El meu pare sempre em diu aquestes coses. I el Jonàs, quan no està de bon humor, també.

Nanuk, centra't en el tema, em dic. I tinc raó.

Per on anava? Ah, sí, la nena.

—I quan va arribar? —vaig preguntar.

—La nit de Reis.

—Així, no ha pogut desembolicar els regals de Reis? Els seus pares la deuen estar esperant.

I em vaig fer tota la pel·li. Els seus pares. En una casa enmig del bosc al voltant d'una llar de foc. Molt tristos amb els llaços dels regals a les mans, sense desfer. Com si el temps s'hagués congelat sense la seva nena. O potser no. Potser venia d'una família nombrosa i encara no s'havien adonat que no hi era. O d'una família com la meva, que, de tan enfeinats amb els menjars, les begudes i la gent que entra i surt, a vegades no em troben ni a faltar.

Però no vaig dir res, tampoc, perquè el Jonàs feia cara de preocupació i va dir que havia de fer unes trucades urgents. Em va demanar si em podia quedar amb ella, que ell no tardaria.

I, és clar, com li podia dir que no?

El Jonàs, el guardià de les històries, em necessitava per complir una missió molt important. Protegir el son d'aquella nena misteriosa. Foragitar els monstres, els espies i el que fes falta, fins i tot els ratolins, si calia. I em vaig prometre a mi mateix que compliria el meu deure i em convertiria en el millor Superguardià de biblioteques amb nenes misterioses.

El Jonàs ja s'havia tancat al despatx i jo anava a pujar a l'arbre quan uns trucs van ressonar a la porta de l'entrada.

I, decidit a donar la cara, la vida, si calia, vaig anar a obrir.

Ta-ta-txan. Continuaré una mica més endavant.

Aquí mateix.

Pufff, no era cap enemic, ni cap monstre, ni tan sols un ratolí, ningú amb qui pogués lluitar.

Era el Juli.

—Hola, col·lega, s'han portat bé els Reis?

—Xxxxxst, la despertaràs! —vaig fer jo.

Li vaig explicar l'aparició d'aquella nena. Ell la va mirar amb curiositat i va dir:

—Vols dir que és humana?

—Potser no, potser és un regal de Reis per a la biblioteca —vaig fer jo.

—Segur que ve de molt lluny i que feia anys que caminava sense dormir —va opinar ell.

—Potser es diu Lluna perquè ve de la Lluna —vaig deduir jo.

—O potser els seus pares l'han abandonat —va clavar ell.

I, en sentir això, em vaig posar molt trist, perquè em vaig imaginar la Lluna despertant-se sola, sense ningú, enmig d'un bosc tenebrós, i coses pitjors que no us explico.

I per oblidar la imatge vaig proposar al Juli:

—Vols saber què somia?

—M'encantaria.

—Espera i veuràs.

Aleshores em vaig enfilar a l'arbre i vaig seure al seu costat. Era una mica incòmode, però no tant com per fer-me enrere. Un bon Superguardià mai no es fa enrere. Amb molt de compte vaig posar la meva orella damunt els seus cabells. Tenia els cabells suaus com el pèl del meu gat i feia la mateixa olor que la molsa del pessebre. Portava un jersei blanc. I blanc volia deixar el meu pensament quan...

Un nou truc va sonar a la porta.

La biblioteca va tremolar.

I aleshores vaig saber que el moment de la veritat, el moment de demostrar com les gastava el

Superguardià de la biblioteca de Bufapolls havia arribat.

I ara us deixo, que tinc feina i sembla complicada.

5
L'oficina de nens perduts

Em vaig tancar al despatx i vaig marcar el número de l'oficina de nens perduts. Una veu metàl·lica va contestar:

–Si vostè vol parlar en català, premi 1. Si vol parlar en mandarí, 2. Si vol parlar tot cantant, premi 3.

–Escolti, jo... –vaig intentar dir, però aquella veu no s'aturava.

–Si és nena, premi 1. Si és nen, 2. Si es tracta d'altres opcions, 3...

–Però jo volia... –vaig tornar a intentar.

–Siésrospremi33siésnegre44siésverdvermellllila123siestàsencersiestàatrossos...

Vaig prémer un número a l'atzar i una altra veu amb un fons musical va refilar:

–Ompli el formulari de la A a la Z i li recollirem la criatura el proper dilluns a les tres de la tarda...

Vaig sentir que el cap em rodava i vaig penjar contrariat.

Megallufes! Quina mena de servei era aquell?

On eren les veus humanes? On eren les converses de persona a persona?

Com podia confiar aquella criatura tan fràgil al primer que passava?

No, ni parlar-ne.

Aleshores vaig tornar a recordar la Itsar, però els records eren tan remots que em semblaven d'una altra vida. La vida amb ella, algunes vegades tan lluny i d'altres com si fos ahir.

Vaig tornar a la sala.

El Nanuk i el Juli em van dir que tenia una visita. Que l'havien fet esperar a fora.

–A fora? I per què?

–No feia bona pinta –va arrufar el nas el Juli.

–Té la mirada torta, així, com de gallina guenya –va encreuar els ulls el Nanuk.

I jo vaig témer el pitjor.

6

La senyoreta Malespina

Vaig anar a obrir la porta.

Era la senyoreta Malespina, amb un vestit jaqueta de clapes vermelles i un talons de pam.

Es va fer pas cap a dins la biblioteca sense el meu permís.

I, amb ella, va entrar una alenada d'aire fred. Tan fred que els fulls dels llibres més sensibles van tremolar.

–Bon dia, senyor Jonàs –va espetegar ella amb veu de flautí desafinat.

–Bon dia, senyoreta Malespina. Em buscava?

–Senyor Jonàs, m'envien de l'oficina d'alt rendiment urbanístic de Bufapolls per fer una inspecció rutinària.

–No en necessito, d'inspeccions, ni rutinàries, ni estrafolàries.

–També porto una ordre del senyor alcalde, l'excel·lentíssim senyor Petroli.

–I, per quins set sous, una ordre?

–Bé, ja sap que últimament aquesta biblioteca no resulta gens rendible per als habitants de Bufapolls. La biblioteca ocupa un lloc privilegiat dins el poble, just al centre, i es veu que hi ha uns quants negocis interessats a adquirir aquest espai.

–Senyoreta Malespina, li seré franc. Els meus llibres pateixen amb la seva presència, per tant li demano que giri cua i tanqui la porta de la biblioteca per fora.

–Senyor Jonàs, no li han dit mai que és un desconsiderat?

–Si jo sóc un desconsiderat, vostè és un tros de sardina esqueixat.

–Sardina, diu?

–Sí, sardina sense cor i sense cervell.

–Les seves paraules són del tot ofensives, senyor Jonàs, li asseguro que això no quedarà pas així i...

Aleshores la senyoreta Malespina va veure els peus de la Lluna que penjaven de l'arbre i va exclamar:

–I qui és aquella criatura?

–És una nena.

–I ja ho saben els seus pares, que deixa que els nens s'enfilin a l'arbre?

–Sóc jo, el seu pare.

–Com? Tenia entès que vostè no tenia fills...

–És temporal.

–Temporal? Però com? Els fills o es tenen o no es tenen.

–Senyoreta Malespina, vostè encara creu que en aquesta vida tot és blanc o negre, rendible o no rendible, es té o no es té, i la vida té molts matisos, però això vostè no ho pot pas apreciar, és clar.

–El podria denunciar per apropiació indeguda de menors.

–Li ho diré per última vegada, tanqui la porta per fora i bon vent, senyoreta Malespina.

La senyoreta Malespina va girar en rodó remugant una colla d'embarbussaments indesxifrables.

Quan va ser fora de la biblioteca, els llibres van deixar de tremolar de por i van respirar tranquils.

7
La Lina

Aleshores va arribar la Lina.

La Lina portava un vestit ple de butxaques, i a cada butxaca un somriure. Feia olor de maduixes del bosc i quan entrava a la biblioteca tots els llibres es giraven per mirarla. Ella i jo teníem llargues converses sobre llibres i pintura. Ella pintava, però jo encara no havia aconseguit mai que m'ensenyés cap quadre.

Quan la vaig veure entrar vaig pensar que potser ella sabria què era el que calia fer.

Li vaig explicar l'aparició de la Lluna.

La Lina se la va mirar amb un somriure dolç i va dir:

–Tot plegat és prou clar.

–Carat de dona, doncs jo només hi veig boira. Si me'n poguessis fer cinc cèntims m'ajudaries força –li vaig dir.

–Bé, Jonàs, si la nena ha vingut fins a tu deu ser per alguna cosa, no ho vulguis entendre, acull-la i confia.

–Però, Lina, jo no me'n puc pas fer càrrec, saps que tinc el cor delicat, que...

–T'ajudaré amb el que calgui, Jonàs.

–Però jo no puc...

–Et faré un caldo perquè sopeu tots dos aquesta nit. I compta amb mi per al que necessitis.

–Gràcies, Lina.

–Ja parlarem. Ara me'n vaig, que m'esperen.

La Lina va marxar. Sempre l'esperava algú. Mai deia qui. Ni jo gosava preguntar-li-ho.

El llibre d'*El soldat de plom*, que era obert sobre la taula, va sospirar.

El Juli i el Nanuk em miraven.

–Jonàs, i el conte? –em va demanar el Nanuk–. No ens expliques el conte, avui?

El conte! Ho havia oblidat. Tenia el cap a la Lluna. Ben bé a la Lluna!

Però no els podia pas dir que no, i potser explicar un conte em distrauria de tot plegat. Vaig fer un esforç per concentrar-me en una sola història.

El soldat de plom, vaig triar. Tots dos van seure davant meu i jo vaig començar:

Una vegada hi havia vint-i-cinc soldats de plom dintre d'una capsa...

Les paraules es desfilaven gairebé sense ni jo adonar-me'n. I com en els bons moments, com quan la Itsar era amb mi, sentia que els personatges d'aquella història eren a frec, a tocar..., talment com si la màgia hagués tornat.

Els ulls del Nanuk i el Juli brillaven, i vaig saber que els tres érem lluny, molt lluny, dins el món del soldadet de plom.

I just quan vaig pronunciar les últimes paraules de la història:

...a la cendra de la llar de foc hi van trobar un petit cor de plom i, al costat, els lluentons de la rosa de la ballarina. Ben junts.

La Lluna... va obrir els ulls.

8
La Lluna

La Lluna va mirar al seu voltant i va somriure.

–Bon dia –li vaig dir.

–Bon dia –va fer ella tot baixant de l'arbre.

El Nanuk i el Juli la seguien amb la mirada, encuriosits.

Ella es movia entre les prestatgeries, lleugera. Mirava els llibres, ara l'un, ara l'altre. Va arribar al racó on hi havia el bagul i va posar-hi la mà a sobre.

Va riure com si algú li fes pessigolles.

–Qui s'amaga aquí? –va preguntar.

Un calfred em va travessar el cos. Qui? Havia dit «qui» i no pas «què»? Era una coincidència sense més o és que ella havia notat alguna cosa? Em vaig afanyar a dir:

–Són malendreços, llibres vells...

–I algun ratolí –va dir el Nanuk, divertit.

–Ho puc veure?

–És clar, el Jonàs t'ho ensenyarà –es va afanyar a dir el Nanuk amb un somriure murri.

–Sí, però haurà de ser un altre dia –vaig fer–. Ara és hora de tancar. El Juli i el Nanuk han de tornar a casa seva, i tu i jo hem de parlar.

–Parlar?

–Sí, m'has de dir on són els teus pares. Així et podrem ajudar a tornar a casa.

–Vinc de molt lluny.

–Bé, no hi fa res, això.

La Lluna va fer que no amb el cap:

–M'haig de quedar aquí durant un temps.

–Véns de la Lluna, oi? –va preguntar el Nanuk.

Ella va somriure.

–Lluna, aquí a la biblioteca no t'hi pots quedar. Fa dos dies que sóc aquí vetllant-te i jo haig de marxar a casa.

–No em fa pas res quedar-me sola.

–Necessites menjar, rentar-te, canviar-te de roba.

–Aquí hi ha tot el que necessito.

–No és possible. Si no ho entens hauré de dir-ho a l'oficina de nens perduts.

–No, Jonàs, no ho facis –va pregar el Nanuk–. La Lluna pot venir a casa amb mi.

–Ni parlar-ne.

–A casa meva també li puc fer lloc, si cal –va fer el Juli.

–No pot ser –vaig dir seriós.

–Jonàs, jo no et molestaré, fins i tot et puc ajudar –va fer la Lluna.

–Ajudar? Què vols dir?

–Tens alguns llibres plens de pols i d'altres força abandonats. Et puc ajudar a posar ordre –va proposar la Lluna.

–Les nenes no poden treballar, han d'anar a escola.

–Les nenes sí, però jo...

Aleshores la Lluna va córrer fins a l'arbre i s'hi va enfilar fins al capdamunt.

–Lluna, baixa, què has volgut dir? Que no ets una nena, potser?

El Nanuk va començar a pujar a l'arbre darrere d'ella, però el vaig aturar.

–L'has disgustat, Jonàs, he vist com es posava trista –em va retreure.

–Ara heu de tornar a casa.

–És que això és molt emocionant –va exclamar el Juli.

–Ens hem de quedar per evitar que la portis a l'oficina de nens perduts –va fer el Nanuk.

–Marxeu tranquils, us prometo que no ho faré.

–De veritat, veritat? –em van implorar tots dos.

–De veritat, però fugiu ara mateix.

El Juli i el Nanuk van marxar amb recança.

Jo vaig tornar a mirar enlaire:

–Lluna, ja saps que jo no em puc enfilar, si us plau, baixa.

De dalt només em tornava el silenci, i finalment vaig dir:

–Et pots quedar uns dies a casa meva, si vols.

–Ets molt amable, Jonàs, però aquí estic bé.

–Ara estàs bé, però d'aquí a unes hores, quan tot sigui ben fosc, et sentiràs molt sola, tindràs fred i por, potser...

–Estaré bé.

–Has de menjar.

–Menjaré quan tingui gana.

Vaig sospirar resignat, era inútil, i vaig dir:

–Bé, aquí tens un caldo per sopar i una altra manta.

Vaig esperar que digués alguna cosa, però res. Finalment vaig dir:

–I si canvies d'idea visc a l'altra banda de la plaça, al número 7.

–Gràcies, Jonàs

–Només et demano una cosa.

–Quina?

–Que no obris el bagul.

–I per què?

–Això ja t'ho explicaré un altre dia, d'acord?

–Com vulguis.

Quan estava a punt de marxar, la veu de la Lluna va dir:

–Jonàs, i tu?

–Què vols dir?

–Tu et sents sol i tens fred a la nit?

Vaig sentir una punxada al cor i vaig voler foragitar lluny aquella pregunta, i vaig dir secament:

–Per mi no t'has de preocupar, sóc prou gran i tinc molts amics.

Em vaig embolicar la bufanda al coll i vaig entrar dins el fred de la nit.

9
Els mateixos ulls

L'endemà, quan vaig entrar a la biblioteca, feia olor de molsa i de pluja, com enmig d'un bosc. Vaig mirar els llibres. Semblava que tot era al seu lloc.

De sobte, vaig veure travessar com una petita lluerna entre les branques de l'arbre. Potser eren visions. Últimament me'n passaven moltes, de coses estranyes.

La Lluna era dalt de l'arbre. Tenia els ulls tancats i vaig pensar que dormia.

Em vaig acostar al bagul per comprovar que tot era al seu lloc i una veu va dir:

–Que desconfies de la meva paraula?

Em vaig girar. Era la Lluna. Em parlava des de dalt de la branca.

–Mirava i prou –vaig murmurar–. Has passat bona nit?

–I tu? –va fer ella.

–No gaire, la veritat.

–I què tens, doncs?

M'hi vaig apropar i li vaig dir:

–Em preocupes, Lluna, tan petita i tan sola..., i sense menjar, has deixat el bol de caldo intacte.

–Perdona, me n'havia oblidat, però he menjat.

–Què? Aquí només hi ha llibres.

–Portava pa a les butxaques.

Vaig moure el cap i ella va dir:

–Tots els llibres que tens són aquí?

–Sí. Quin llibre busques?

Ella va murmurar alguna cosa que no vaig entendre.

–Què puc fer per tu, Lluna?

–Només deixar-me quedar un temps aquí. Un dia me n'aniré tal com he vingut, t'ho prometo.

La vaig mirar als ulls i per un moment vaig veure els mateixos ulls de la Itsar. Negres com la nit. Una esgarrifança de por em va travessar el cos.

El record de la Itsar em feia mal. No volia tornar a estimar. No volia tornar a perdre mai més ningú.

Els llibres, sí. Els llibres no m'abandonarien mai (o això pensava jo aleshores).

Les persones, qui sap?

Si començava a estimar la Lluna, després seria jo el que no voldria que marxés.

10
Dalt de l'arbre

La primera prova de superguardià la vaig superar amb bona nota. La Malespina no va tocar ni un llibre, no els va ni ensumar. El Jonàs ens va felicitar per no haver-la deixat entrar.

L'endemà el Juli i jo vam córrer a la biblioteca. Estàvem impacients per saber com estava la Lluna. El Jonàs ens va dir que era dalt de l'arbre, i tots dos vam pujar a veure-la.

La Lluna tenia una pila de llibres al seu voltant, i un entre els dits.

Vam parlar.

(Posaré entre parèntesis qui parla. Així no haig

de repetir tot allò de: va-dir-tal, va-preguntar-l'altre, etcètera, etcètera...)

Començo:

—Hola, què llegeixes? (jo)

—Històries de com es va formar el món. Hi ha mil històries i totes diuen coses diferents. (Lluna)

—Jo crec que primer va ser la màgia. (jo)

—Jo penso que abans de la màgia hi havia els dinosaures, perquè és l'espècie que té més milions d'anys. (Juli)

—I d'on van sortir els dinosaures? (jo)

—Ah!... Això no ho havia pensat pas. (Juli, sorprès)

La Lluna va riure i jo vaig preguntar:

—I tu, Lluna, què en penses?

—És un misteri, i m'agrada que ho sigui. Els misteris fan volar la imaginació i escriure llibres. (Lluna)

—Tu també ets un misteri. (jo, sense pensar)

Ella em va mirar i va somriure, però no va dir res. Tenia els ulls tan negres com les olives que servia el meu pare al bar. I així, de sobte, em va agafar gana. M'hauria menjat tot un plat d'olives negres.

—A nosaltres ens ho pots explicar tot, no ho direm al Jonàs. (Juli, rascant-se el nas)

—I com és que sou els únics nens que visiteu la biblioteca? (Lluna)

—La majoria la troben avorrida. (Juli)

—Diuen que hi ha massa silenci i que els llibres ja no serveixen per a res. (jo)

—I vosaltres no? (Lluna)

—Jo vaig començar a venir per mirar *El gran llibre dels dinosaures*. Tenia moltes preguntes. (Juli, és clar, té obsessió pels dinosaures)

—I ara? (Lluna)

—Ara encara en tinc més. Les formigues també m'interessen. I m'agrada parlar amb el Nanuk. (Juli)

La Lluna em va mirar i va fer:

—I tu, Nanuk, per què véns?

—No ho sé. Al bar sempre hi ha molt soroll i ningú no em fa cas. Quan entro aquí sento unes pessigolles a l'estómac, com si les històries i els personatges m'estiguessin esperant i...

(Em vaig aturar. Tot allò no ho havia explicat mai.)

—Sí, digues, i... (Lluna)

—En els contes tot és possible, són com somnis que s'allarguen.

Es va fer un silenci i entre els cabells de la Lluna van brillar petites lluernes. O m'ho vaig imaginar, no ho sé.

I després la Lluna va dir:

—Vosaltres sabeu què hi guarda, el Jonàs, en aquell bagul?

—Potser hi ha un tresor. (Juli)

—Jo crec que hi ha algú. (jo)

—No et deus creure això dels ratolins, oi? (Juli)

—És clar que no. Algú altre, vull dir. (jo)

—Jo em moro de ganes de tafanejar, però ens ho té prohibit. (Juli)

—I sempre feu cas de les prohibicions? (Lluna)

El Juli i jo ens vam mirar inquiets, amb els ulls molt oberts.

Aleshores la Lluna ens va xiuxiuejar:

—Sé la manera d'obrir-lo sense que se n'adoni.

—Hauria de ser un dia que ens quedem sols. (Juli)

—És clar, ja trobarem l'ocasió. (Lluna)

—Què trameu, per aquí dalt? (Jonàs, des de baix)

—Res, estem jugant. (Juli)

—A què? (Jonàs)

—A les paraules encadenades. (Juli)

—Bufapoll... (jo)

—Pollastre. (Juli)

—Trepitjar. (jo)

—Jardí. (Juli)

I la Lluna va dir:

—Divertit.

Vam riure tots tres i el Jonàs es va allunyar.

La tarda ens va passar dalt de l'arbre parlant, jugant i llegint fins que el Jonàs ens va avisar que era l'hora de tancar.

11
Notícia d'enderroc

Cada matí quan entrava a la biblioteca sentia aquella olor de molsa i pluja que ho impregnava tot. Els llibres estaven feliços de tenir la Lluna allà, tota la nit fent-los companyia. Somreien més sovint i alguns, fins i tot, els havia sentit cantar.

L'arbre, també. A les nits s'omplia de lluernes i brillava com si fos Nadal.

Una tarda, però, quan vaig arribar a la porta de la biblioteca, vaig trobar-hi un sobre gris amb una nota que deia:

Ordre d'enderrocament, es prega que la biblioteca sigui desallotjada immediatament.

Un llampec de ràbia em va sacsejar.

Com podia ser?

Vaig recordar les paraules de la Malespina i em vaig enfurismar.

Vaig decidir anar de dret a veure l'alcalde. El Nanuk i el Juli acabaven d'arribar. Els vaig demanar que vigilessin la biblioteca.

Em van dir que estigués tranquil, que ells s'encarregaven de tot mentre jo fos fora.

Em vaig dirigir a l'Ajuntament amb grans gambades.

Una vegada allà, vaig entrar-hi i vaig dir a la noia del mostrador:

–Vull veure el senyor Petroli, ara mateix.

–El senyor Petroli està ocupat, agafi tanda –em va manar tot llimant-se les ungles.

Vaig agafar un número. El 109!!! I anaven pel 3.

Vaig mirar al meu voltant amb desesperança. La sala d'espera era plena a vessar, però a ningú no semblava importar-li el temps. Homes i dones seien embadocats amb els ulls a les parets. A cada paret hi havia una pantalla de televisió que barbotejava. A la paret de la dreta, anuncis de productes per aprimar miraculosos. A l'esquerra, un concurs de menjar ous ferrats. Al davant, un culebrot en què una parella es tirava els plats pel cap...

Vaig tancar els ulls. La remor de les pantalles em colpia el cervell.

Una dona grossa em va mirar de reüll i va remugar:

–Segui, segui, estan a punt de fer les paus..., encara sort. Jo he vingut a queixar-me perquè a casa meva els personatges de la tele surten de cap per avall, i vostè?

I, tot seguit, sense esperar resposta, va clavar els ulls a la pantalla i em va donar l'esquena.

El temps em cremava. Em vaig aixecar i vaig dir a la noia de les ungles llimades:

–Bé, miri, jo no em puc esperar gaire estona, necessito aclarir la meva situació.

–Doncs no li queda altre remei, ho sento –em va dir sense apartar els ulls de les seves ungles.

Em vaig esperar una hora, dues hores i tres hores. I el temps cada vegada em rosegava més per dins. Havia de fer alguna cosa.

La finestra del despatx de l'alcalde no era pas a més d'un pis d'alçada.

Vaig decidir que no esperaria més de..., per exemple..., vaig mirar el calendari..., érem el dia 17 de gener..., doncs això..., disset segons. Passats els disset segons, si no em volien escoltar de bon grat, m'escoltarien a desgrat, però m'escoltarien. I vaig començar a comptar: 17, 16, 15, 14...

12
No són només llibres

Quan el Jonàs va marxar, la Lluna, el Juli i jo ens vam mirar. Era un bon moment. Era l'ocasió perfecta per obrir el bagul del tresor.

Vam penjar un cartell a la porta de la biblioteca que deia:

TANCAT FINS DESPRÉS

—I després, quan és? (Juli)

—Després vol dir quan acabem de fer això que volem fer. (jo)

—I no hauríem de posar l'horari? (Juli)

—L'horari no seria exacte, en canvi, «després» és molt exacte. (jo)

—Ja ho entenc. (Juli)

A vegades el Juli tarda una mica a entendre les coses. Jo penso que és perquè els dinosaures són tan grans que li ocupen molt de cervell.

Estàvem sols i teníem el bagul davant nostre!

Sentia pessigolles a l'estómac i com un dring a les orelles.

Vam comprovar que estava tancat amb clau.

El Juli i jo vam mirar la Lluna.

I ja sé que això que us explicaré ara costa de creure, però aquesta vegada estic segur que no són imaginacions meves i, és més, el Juli era allà amb mi i ho va veure, també.

Ho dic tal com va passar:

La Lluna es va bufar el dit petit, i dels seus llavis va sortir un núvol blanc que va cobrir-li el dit, i va dir:

—Dits-no-tinc-sinó-en-tinc-vint.

El núvol va desaparèixer i el seu dit petit ja no era un dit. Era una clau.

El Juli i jo ens vam quedar sense paraules. Blaus i verds alhora.

La Lluna ens va somriure i va ficar el dit al pany.

Em sentia el cor bategar dins les orelles.

Vam alçar la tapa a poc a poc i vam mirar a dins.

Davant nostre hi havia una pila de llibres vells i desendreçats.

El Juli va ser el primer a parlar:

—Pufff, només són llibres!

Jo vaig passar els dits per un dels llibres i vaig sentir com un batec.

Bum-bum, bum-bum. Aquell llibre tenia un cor i bategava. I allò, estranyament, no em va sorprendre. Era com si no fos la primera vegada que em passava, encara que, de fet, ho era. Potser fou en una altra vida. Qui sap? I vaig dir:

—No, Juli, no són només llibres.

—Au, Nanuk, ara no em vinguis amb les teves imaginacions! (Juli)

—Mireu, aquí hi ha unes paraules escrites! (Lluna)

A la part de dins de la tapa del bagul hi havia una inscripció. La Lluna va llegir en veu alta:

Les històries prenen vida quan les llegim amb el cor, quan ens fan créixer, quan sentim que ja no som els mateixos abans de llegir-les que després i portem els personatges d'aquella història sempre més amb nosaltres.

D'un dels llibres em va arribar un sospir. La Lluna va agafar el llibre i vam sentir una veu que deia:

—Si et plau..., dibuixa'm un xai!

I darrere d'aquella veueta va sortir un noiet que no feia més d'un pam, amb el cabell groc i un vestit verd.

El Juli i jo ens vam quedar garratibats de l'ensurt.

La Lluna, en canvi, es va posar a parlar amb ell com si allò fos la cosa més normal del món:

—Hola, ets el Petit Príncep, oi?

—I vosaltres, qui sou? On és el Jonàs? (Petit Príncep)

—Som amics del Jonàs. (Lluna)

—Tots tres? (Petit Príncep)

—Sí. (Lluna)

—Pensava que només ens tenia a nosaltres. (Petit Príncep)

—Vosaltres? (jo)

—Els personatges dels seus contes preferits. (Petit Príncep)

Jo volia parlar, preguntar, però els mots topaven entre ells i em feien un nus al coll.

El Petit Príncep es va quedar mirant l'arbre i va fer:

—M'agradaria tant tocar l'arbre...

—Ah, si vols, jo t'hi porto. (Lluna)

Aleshores la Lluna el va acollir a la seva mà.

El Petit Príncep la va mirar i li va dir:

—Tens la màgia escrita als ulls. Véns de molt lluny, com jo, oi?

—Sí, vinc d'un món on veneren les històries i se n'alimenten, un món en perill d'extinció. (Lluna, com un secret a cau d'orella)

—Què ha passat? (Petit Príncep)

—El meu món es va cremar. Només quedo jo, però no per gaire temps...

(Lluna)

Quan la Lluna va dir allò, vaig sentir un nus a la gola i un fred glaçat a la punta dels dits. El temps d'un llampec, només. Després, suposo que ho vaig esborrar de la meva memòria fins al final. Terrible. A vegades penso que el cervell és llest. Quan no podem conviure amb una informació perquè ens fa massa mal, l'esborra. Altres vegades penso que el cervell és idiota d'esborrar una cosa tan important. Ho hauria pogut evitar, potser? No ho sé, ni ho sabré mai, però això ara no toca, és clar.

El Petit Príncep va dir:

—Em sap greu, si et puc ajudar...

—Potser... un dia. (Lluna)

I la Lluna va deixar el Petit Príncep damunt de l'arbre.

Aleshores vam sentir que algú picava a la porta i vam veure la Lina.

La Lluna va demanar al Petit Príncep que tornés al seu llibre i va tornar a tancar el bagul amb el seu dit-clau, que, fet això, va tornar a ser dit-dit.

El Juli va anar a obrir.

—On és el Jonàs? (Lina)

—Ha sortit, nosaltres ens encarreguem de la biblioteca fins que ell torni. (Juli)

—I què vol dir «Tancat fins després?». Després de què? (Lina)

—Vol dir: després de fer la cosa que ens calia fer, és clar. (Juli)

—Quina cosa? (La Lina era molt curiosa)

I jo em vaig afanyar a dir:

—El Juli vol dir que havíem d'anar a fer un pipí.

—Tots tres alhora? (Lina)

—Sí, mira, ens ha vingut de cop. (jo)

La Lina va mirar la sala i va veure que tot era al seu lloc, i va dir:

—És millor que em quedi amb vosaltres a esperar el Jonàs. No sé per què, però tinc la sensació que m'amagueu alguna cosa.

—Com vulguis, vols jugar amb nosaltres a les paraules encadenades?

(Juli)

—D'acord. (Lina)

—Cordó. (Juli)

—Dona. (Lluna)

—Nanuk. (jo)

—Nuk..., mmmm... Em sembla que he perdut. (Lina)

13
El senyor Petroli

...7, 6, 5, 4, 3, 2, 1 i...

Aleshores vaig recordar els meus temps d'atleta i vaig fer un gran salt fins arribar a la finestra del despatx del senyor Petroli, i m'hi vaig plantar a dins com un saltador de perxa sense perxa.

Pluff, vaig caure eixarrancat damunt la cadira que hi havia just davant d'ell.

El senyor Petroli, que s'estava menjant una bossa de patates amb quètxup, va exclamar:

–Caram de Jonàs! Quina energia que té!

Però jo no estava per brocs i vaig anar al gra:

–Com gosa deixar el seu poble sense biblioteca?

–Au, Jonàs, en fa un gra massa, hem de saber evolucionar... Qui no evoluciona s'extingeix, sap?

–Evolucionar? Què entén, vostè, per evolucionar?

Ell es va rascar el bigoti i va dir:

–Els llibres aviat desapareixeran. Són objectes lents i caducs. Massa feixucs. En una paraula, passats de moda. Tota la informació que necessitem la podem obtenir per ordinadors i per altres mitjans molt més immediats.

–Però no és pas el mateix, jo...

–Jonàs, els llibres pixen fora de test. No ha sentit a parlar dels dispensadors de lectura?

–Dispensadors de què?

–De lectura. Demà n'hi haurà per tot el poble.

–No sé pas de què em parla, jo...

–Són unes màquines en les quals només has d'introduir la informació que vols o el llibre que busques, una moneda i ja està, et surt en forma de càpsula. Només cal que te l'engoleixis com una pastilla i en un segon et pots haver llegit *El Quixot*, *L'Odissea* o l'enciclopèdia sencera.

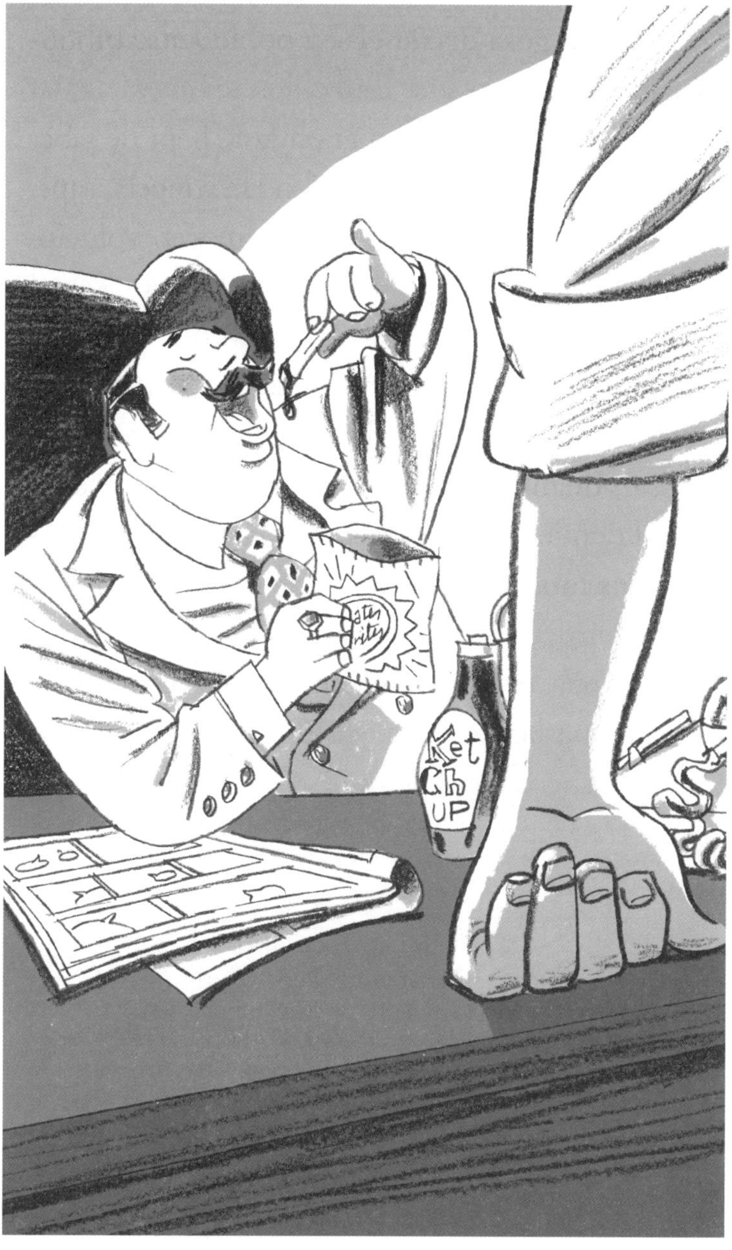
Ket Ch UP

És clar, les càpsules. Així, tot allò era per l'arribada de les càpsules miraculoses. Em va agafar com un mareig. Ell seguia parlant:

–Té tota la nit per desallotjar. Demà, a primera hora, l'excavadora serà a la porta.

Jo no tenia forces per respondre, vaig sentir com em rodava tot. Al meu voltant, una pila de senyors Petrolis giravoltaven com un disc, i encara vaig sentir que deia:

–Doneu-li una copa de conyac i cap a casa. Au, i demà serà un altre dia.

I encara:

–Ah, i no es preocupi per la feina. Li passarem una pensió vitalícia pels serveis que ha prestat al poble.

14
Quina moguda

El Jonàs va tornar de la seva visita a l'Ajuntament pàl·lid com la farina. Quan va entrar a la biblioteca, només gemegava:

—Els meus llibres, els meus llibres...

La Lina el va fer seure i li va preparar una til·la.

Aleshores el Jonàs, més calmat, va explicar l'ordre d'enderrocament i tot allò de les càpsules de lectura.

A tots plegats ens costava de creure que la biblioteca podia anar a terra d'un dia per l'altre. La Lina obria els ulls com unes taronges i deia:

—No és possible, no és possible, deu ser una broma de mal gust...

—T'asseguro que aquesta gent no fa bromes, Lina. (Jonàs)

La Lluna va posar la mà sobre el braç del Jonàs i va dir:

—Jonàs, no et preocupis pels teus llibres, els salvarem.

—Però com? Només tenim aquesta nit. Cal que ens posem a treballar tot seguit. Vaig a buscar el cotxe i l'anirem omplint de llibres. No podem perdre temps. (Jonàs)

I just quan es va aixecar per marxar se li va torçar el rostre amb un gest de dolor, es va posar la mà al cor i va caure rodó, com una baldufa.

La Lina el va agafar abans que caigués a terra.

Vam trucar a una ambulància. Mentre esperàvem, la Lina li passava un mocador humit pels cabells i la Lluna li anava dient:

—No et preocupis pels llibres, nosaltres ens n'ocuparem.

Jo em sentia el cor com una pansa. Hauria volgut fer el que fos per curar el Jonàs, però no sabia què, ni com.

Quan va arribar l'ambulància, la Lina va marxar amb ell a l'hospital.

Quedàvem la Lluna, el Juli i jo.

I no hi havia temps per posar-nos tristos. Era el moment d'actuar. El moment de veure el Superguardià en acció. Ara, sí.

La Lluna ens va mirar i ens va dir:

—A quina hora heu de tornar a casa?

—Jo em quedo a ajudar-te tota la nit, si cal. (jo)

—És clar, ens quedem. Trucarem als pares i els direm que la Lina ens ha convidat a dormir a casa seva o alguna cosa semblant. Sempre ho fa pel seu aniversari. (Juli)

—Bé, doncs som-hi, tenim molta feina. (Lluna)

—Per on comencem? (Juli)

La Lluna ens va explicar el seu pla:

—Jo m'enfilaré a l'arbre i vosaltres m'aneu passant els llibres amunt.

—No t'entenc, vols posar tots els llibres dalt de l'arbre? (jo)

—No ens hi caben pas. (Juli)

—Confieu en mi, d'acord? (Lluna)

—D'acord. (Juli i jo)

—A més, tenim més ajudants. (Lluna)

—Qui? (Juli)

—Ells. (Lluna, assenyalant el bagul)

—Vols dir els personatges dels contes? (Juli, al·lucinant)

—Quina idea més genial! (jo, aplaudint)

I així ho vam fer.

Aquella nit a la biblioteca vam treballar en equip.

A l'ala dreta de la biblioteca, el Charlie treia els llibres de la prestatgeria, me'ls passava a mi, i jo els passava al Peter Pan. Ell els agafava al vol i els pujava cap a l'arbre, on el Petit Príncep i la Lluna els recollien i els entaforaven dins un forat que hi havia just al mig del tronc. Un forat que semblava talment que no tingués fi.

A l'ala esquerra, la Pippi enviava els llibres com plats voladors cap a la Mary Poppins. La Mary Poppins els carregava dins el seu paraigua, i aquest pujava cap a l'arbre i els deixava a la Lluna en safata.

Quan va sortir el sol, no quedava ni un sol llibre a les prestatgeries. Tots els llibres havien anat tronc endins. El Juli i jo no ho enteníem pas, però confiàvem plenament en la màgia de la Lluna.

15
Salvem l'arbre

A primera hora del matí, la senyoreta Malespina, acompanyada d'un home amb una excavadora, es va presentar a la porta de la biblioteca. L'home, alt i quadrat, feia cara de pomes agres.

Nosaltres tres ens vam plantar davant de la porta.

—Nens, si no voleu prendre mal, fugiu del mig, tenim ordres d'enderrocar l'edifici. (Malespina)

—Si ens ajuden, ens apartarem. (Lluna)

—Venim a treballar, no sé pas com us podem ajudar. (Malespina)

—Només volem portar l'arbre de la biblioteca al jardí de casa el Jonàs. (Lluna)

—A mi no m'han dit res de cap arbre. (Malespina)

—Li han dit que enderroques l'edifici, no? (Juli)

—Exacte. (Malespina)

—I vostè creu que un arbre és un edifici? (Juli)

—És clar que no, un arbre no té cap importància! (Malespina)

—Un arbre és un ésser viu, com una formiga o com vostè mateixa. (Juli)

—M'esteu comparant amb una formiga? Sou una colla de maleducats! (Malespina)

—No podem perdre el temps conversant amb marrecs, se'ns fa tard i no em vull perdre la cursa de cotxes. (Home-amb-cara-de-pomes-agres)

—Tens raó, endavant! (Malespina)

L'home va engegar el motor i va començar a avançar, però just aleshores la Lluna va fer petar els dits, clip-clap, i van aparèixer Ells.

Ells. O sigui, els nostres amics del bagul.

Amics que ni aquell home ni la senyoreta Malespina podien veure, ja que no havien llegit mai

amb interès cap altra cosa que no fossin manuals d'instruccions o cartells de rebaixes al supermercat. Els bons contes, els de sempre, ni olorar-los.

La senyoreta Malespina va sentir com algú li estirava la faldilla. Es va girar, però no hi havia ningú. Només un paraigua.

L'home de l'excavadora va sentir un dit a l'ull i la gorra que li volava, i una veu que deia: «Gorra, vola al país de Mai-Més». I després una rialla que li perforava les orelles i li feia posar els pèls de punta.

Després, el Charlie va començar a fer pessigolles a la senyoreta Malespina, que mai no havia rigut tant, i el Peter Pan a arrencar-li els botons (perquè no sé si sabeu que el Peter Pan pensava que els botons eren petons). I mentre la Mary Poppins cantava cançons a l'home-amb-cara-de-pomes-agres fins a deixar-lo estabornit, la Lluna, el Juli i jo vam carregar l'arbre a l'excavadora. La Pippi va agafar el comandament del vehicle i va conduir l'arbre fins al jardí de casa el Jonàs.

Per sort, a aquella hora el carrer era buit, perquè la cursa de cotxes de Fórmula 1 havia començat i ningú no se la volia perdre.

Vam descarregar l'arbre i vam retornar l'excavadora just al davant de la biblioteca.

Aleshores va arribar el senyor Petroli, que preferia no mirar la cursa de cotxes perquè s'alterava molt. O això li vaig sentir dir un dia al bar del meu pare.

El senyor Petroli va trobar la senyoreta Malespina sense botons i petant-se de riure, i l'home de l'excavadora amb els cabells de punta, les mans a les orelles i un paraigua al cap.

I la feina sense fer, és clar.

El senyor Petroli va demanar explicacions.

L'home va intentar explicar-se: que els havien atacat una colla d'éssers invisibles que feien pessigolles, cantaven i deien frases estranyes.

La Malespina s'explicava pitjor encara:

—Un exèrcit de fantasmes..., un paraigua que cantava..., botons que reien... i puces per tot el cos...

El senyor Petroli els va ensumar l'alè i va dir:

—Us tinc prohibit beure alcohol quan esteu de servei, us pot caure una sanció.

—Però, senyor Petroli, nosaltres només hem pres un cafè a can Petiquipeti. (Malespina)

—Doncs quin cafè més carregat!

—Bé... va... si... fos... que... jo... no... pe (Ni l'un ni l'altre no lligaven cap paraula sencera)

Finalment, el senyor Petroli va manar:

—Bé, us dono una altra oportunitat i em quedaré aquí a vigilar, no fos cas que tornessin a aparèixer els fantasmes. Vull veure l'edifici avall en deu minuts o ja us podeu acomiadar de la feina. On són els explosius?

M'aturo aquí. (Aquesta part de l'enderrocament prefereixo no contar-la, m'agafa un mal de panxa horrible.)

Faig un salt, upala, i me'n vaig al jardí del Jonàs.

La casa del Jonàs era petita, però tenia un petit jardí al darrere. El Jonàs no se n'ocupava gaire, i estava ple d'herbes.

La Lluna, el Juli i jo vam cavar un forat amb les mans.

I tots tres vam plantar l'arbre i el vam regar.

16
On són els llibres?

Uns dies més tard vaig tornar de l'hospital, però no m'acabava de recuperar.

Tenia febre i no sortia al carrer.

Em costava parlar i escoltar. Em sentia com dins un núvol negre del qual no podia ni volia sortir.

Sabia que, de la biblioteca, ja no en quedaven ni les runes.

Sabia que el poble era ple de màquines de càpsules de lectura.

La Lluna em va ensenyar l'arbre plantat al jardí.

–Veig l'arbre, Lluna, però on són els llibres i el bagul? –li vaig dir jo.

–Jonàs, els llibres estan bé, m'has de creure. Ara hem d'esperar que l'arbre floreixi, i aleshores els anirem a veure.

–Aquest arbre no ha florit mai.

–Sempre hi ha una primera vegada.

–Necessito veure els llibres ara, Lluna.

–Ara no pot ser.

–Em menteixes perquè no vols que estigui trist... T'hauria d'haver portat a l'oficina de nens perduts.

–Dius això perquè no et trobes bé.

–Ho dic perquè potser un dia no hi seré i tu et quedaràs sola.

–L'únic que t'ha de preocupar és posar-te bo.

–I per què, Lluna, si ho he perdut tot?

–Tot no, Jonàs.

La vaig mirar als ulls. La pell del rostre se li havia esgrogueït, com si estigués malalta, o potser era la meva vista, que s'havia emboirat de tristesa i tot ho veia més fosc. Pensava que la Lluna em deia allò dels llibres per animar-me, però que mai més no en veuria cap.

Li vaig dir que volia estar sol, i ella va pujar dalt de l'arbre sense dir res.

17
Un dia molt estrany

Aquell dia, quan vaig anar a buscar el Juli per anar a l'escola, ell feia un somriure de satisfacció idiota. Idiota perdut.

—M'ho penses explicar o no? (jo)

—Què? (ell)

—Aquesta cara de penjat que fas. (jo)

El Juli va mirar a dreta i esquerra per assegurar-se que ningú no el podia sentir i va dir:

—Avui, a classe, deixaré la Lina admirada.

—Admirada de què?

—No ho diguis a ningú, però el meu pare m'ha fet prendre una càpsula.

—Una càpsula?

—Sí, les maquinetes de càpsules, saps? Doncs m'he empassat les taules de multiplicar. Totes en una sola càpsula verda i vermella.

—Era bona?

—Tenia gust de plàstic.

La veritat és que me'n vaig alegrar per ell, perquè sabia que feia temps que intentava memoritzar-les i no hi havia manera.

—I el diccionari, també.

—També t'has menjat el diccionari?

—Aquesta era blanca i negra i tenia gust de formiga.

Vaig intentar imaginar-me el gust d'una formiga i em va agafar una picor agra al coll.

Quan vam entrar a classe, la Lina va preguntar qui havia fet l'exercici 3 de la pàgina 7.

El Juli va córrer a aixecar el dit i va cantar:

—3 × 7, 21; 3 × 8, 24; 3 × 9, 27...

La Lina va tenir feina a fer-lo parar, perquè ell havia agafat la directa i ja anava per la taula del 4.

—Juli, seu. Ja veig que et saps les taules de multiplicar i et felicito, però l'exercici no parla pas d'això. El llegeixo en veu alta perquè el recordeu.

I la senyoreta va llegir:

—Un pare vol repartir 100 euros entre els seus 3 fills, i...

El Juli va tornar a aixecar el dit i va dir:

—100 × 3, 300; 100 × 4, 400...

—Juli, prou! No escoltes la pregunta, seu i estigues atent. (Lina)

Fins i tot en el següent exercici, que deia:

—Un avi té 70 pèls al cap i li'n cauen 10 cada dia, quants dies tardarà a quedar-se calb?

—70 × 10, 700 : 700 dies senyoreta. (Juli, altra vegada)

Finalment, la senyoreta Lina va decidir fer llengua i no parlar més de números, i va començar un dictat.

Jo vaig respirar alleujat. No m'agradava que el Juli, el meu millor amic, fes el préssec, la veritat.

El dictat començava així:

—La nena va entrar a la biblioteca.

Aleshores el Juli va tornar a aixecar el dit i va dir:

—Teca: vianda, menjar o conjunt de coses comestibles.

—Juli, silenci, és un dictat. (Lina)

La Lina va continuar amb el seu dictat:

—... va entrar a la biblioteca i va veure les banyes d'un cargol.

I el Juli que torna a aixecar el dit:

—Gol: acte de fer passar la pilota per la porta.

Tothom va riure. Devia ser cosa de les càpsules, també?

La Lina va tancar el llibre de llengua i va mirar per la finestra. El cel era ple de núvols negres, i va sospirar: «Deu ser cosa del temps...».

I ens va enviar a tots al pati.

18
Uns pares adoptius

Aquella tarda vaig sentir una punxada al cor i em vaig recordar de la Itsar més intensament que mai. Havia perdut la il·lusió, i el que més em dolia de tot era no poder tenir cura de la Lluna. La veia feble, com borrosa, estranya.

Quina vida li podia oferir, jo? La meva vida no era una vida per a una nena..., per més que la Lina insistís que la deixés quedar. No podia ser.

Això em va fer decidir a trucar a l'agència de pares adoptius i demanar uns pares per a la Lluna. Em van oferir de visitar el catàleg per Internet, on hi havia les fotos dels pares.

Els vaig dir que es deixessin estar de catàlegs.

–Bé, doncs de tota manera haurà de contestar el qüestionari –va fer una veu metàl·lica al telèfon.

–Quin qüestionari?

–Sobre les característiques dels pares i de la nena.

–Característiques?

–O sigui, edat, alçada, pes, vacunacions, malalties, estatus social, professió, color de la pell, color dels ulls...

Tot aquell reguitzell de banalitats m'irritava, i vaig fer, irònic:

–I també necessiten el color dels mitjons, potser? Pensava que estàvem parlant de persones, i no d'objectes, tingui bon vent, senyora, i fiqui's les característiques i els catàlegs al nas.

Vaig penjar el telèfon i vaig deixar anar un «puff...».

Allò em semblava inadmissible. Jo buscava simplement uns bons pares. Uns pares que l'acollissin amb els braços oberts, que l'alimentessin, que l'acotxessin a la nit i que la deixessin volar lliure amb els seus somnis. Uns pares amb abraçades, petons i paraules per donar. Paraules humanes! Uns pares que hi fossin en els bons moments i en els no tan bons. Una pares que s'equivoquessin, també, com tots els pares, però sobretot uns pares que no haguessin perdut les il·lusions pel camí..., com jo..., que tenia un ofec al coll, em faltaven les paraules... Com es podia dir com havien de ser uns pares? I jo què sabia què era el millor per a la Lluna? El que sí que sabia era que la Lluna necessitava els llibres i les històries tant com el seu arbre, el que sabia era que, quan ella no fos amb mi, m'acabaria d'apagar definitivament.

I, tot i així, buscar-li uns pares era el que calia fer. Aleshores em podria morir tranquil.

Potser l'agència no era la millor opció. Segurament hi devia haver alguna família del poble que estaria encantada d'acollir la Lluna. Ja hi pensaria més endavant.

Ara calia parlar amb ella i explicar-li-ho.

Al matí, la Lluna m'esperava a la cuina amb l'olor de cafè acabat de fer i un somriure tremolós.

–Bon dia, Jonàs.

Vaig evitar mirar-la. Veure-la afeblida feia que la meva preocupació augmentés.

–Bon dia, Lluna, seu amb mi, et vull dir una cosa.

Ella va seure i jo vaig dir:

–El que he decidit ho he decidit pensant en tu.

–Què em vols dir, Jonàs? –va preguntar la Lluna, que notava la meva inquietud.

–Vull que tinguis uns pares de veritat. Estic segur que t'hi sentiràs bé, amb ells, podràs anar a escola i ser una nena com les altres.

–Però és que jo no necessito uns pares, no sóc una nena com les altres...

–Lluna, no pots quedar-te més temps.

–No em vols, és això? –va fer ella amb llàgrimes als ulls.

–No és pas això! Només que jo...

–Ja ho sé, t'importen més els morts que els que som al teu costat. T'importa més el que has perdut que el que tens.

–Però, Lluna, què dius?

–No t'adones de res, Jonàs. No veus res.

–De què em parles, Lluna?

–Només penses en la Itsar. Els altres som invisibles als teus ulls. Ni saps estimar, ni et deixes estimar. Si veiessis els quadres que pinta la Lina ho entendries tot, però tu estàs cec, i prefereixes lamentar-te.

–Qui t'ha parlat de la Itsar? I els quadres? Tu has vist els quadres de la Lina?

La Lluna es va aixecar de la cadira, les llàgrimes li baixaven per les galtes, i va dir, dolguda:

–No et molestaré més, si és el que vols. Adéu.

I va desaparèixer darrere la porta.

Em vaig quedar sol.

Em vaig aixecar per cridar-la perquè tornés, però ja era massa tard.

19
On és la Lluna?

No podia quedar-me a casa sense fer res. Vaig sortir de casa i vaig anar fins al jardí a veure l'arbre, amb l'esperança de trobar-la allà, però el silenci era aclaparador.

Dalt de l'arbre no hi havia ningú.

Ni un pardal, ni una formiga.

Tan sols la remor del vent.

Aleshores vaig recordar el que havia dit la Lluna dels quadres, i em vaig dirigir cap a casa la Lina.

Vaig trucar a la porta.

Una, dues i tres vegades.

Ningú no responia.

Vaig empènyer la porta i va cedir.

–Lina, sóc jo, el Jonàs –vaig fer.

El silenci feia pampallugues amb la llum esmorteïda del capvespre. D'una de les cambres m'arribava olor de pinzells i pintures. M'hi vaig apropar a poc a poc. La porta era mig oberta. Em vaig aturar. El cor em bategava fort. Amb un dit vaig empènyer la porta, i vaig entrar.

Els quadres de la Lina eren allà, davant dels meus ulls.

I, per un moment, la sang se'm va glaçar.

Vaig quedar blau.

De sobte vaig entendre les paraules de la Lluna i em vaig adonar de com n'havia estat, de cec. De quant temps havia passat amb els sentits adormits, raptats per la tristesa del que havia perdut, dins el record de la Itsar i el seu buit.

Vaig mirar detingudament cadascun d'aquells quadres.

I, per primera vegada, em vaig veure amb els ulls de la Lina.

Jo era dins de cada pintura, de cada color, de cada pinzellada.

Hi era ple de vida i esperança.

Hi era amb les butxaques plenes de follets.

I assegut a les arrels de l'arbre explicant contes als nens.

Els meus ulls ametllats dins les pàgines d'un gran llibre.

I els meus cabells que es desfeien en gotes de pluja i regaven l'arbre.

També hi havia els meus llavis dins una tassa de cafè. I les mans, plenes de fades.

Els dits, amb horitzons de lletres. Les celles, com l'escorça de l'arbre...

Tantes pinzellades que traspuaven amor...

Quantes hores vaig passar mirant els quadres?

No ho sé pas, però quan vaig alçar la vista era negra nit i els fanals del carrer jugaven amb les ombres.

Tampoc no vaig sentir les passes que s'apropaven pel passadís i entraven dins l'estança.

La Lina havia tornat a casa.

–Jonàs, però com...?

–La porta era oberta i jo... No tinc paraules, Lina... Per què no volies ensenyar-me'ls?

–Tenia por que no t'agradessin..., mostraves tan poc interès que...

–Tu sempre em deies que havies de marxar, que algú t'esperava.

–Només m'esperaven els quadres, Jonàs, només els quadres.

–Són... tan... vius i jo... M'han obert els ulls. Perdona'm per no haver-me'n adonat.

–Però com és que has vingut?

–Lina, la Lluna ha marxat. Ha estat culpa meva. Està malalta. M'has d'ajudar a trobar-la.

–Has mirat a l'arbre?

–Sí, és el primer que he fet.

–Bé, parlarem amb el Juli i el Nanuk, ens ajudaran.

Vam preguntar pel poble i vam buscar pels voltants, però res.

Finalment vam tornar a casa.

El Nanuk i el Juli eren dalt de l'arbre.

Els vaig dir que anessin a dormir, que era tard.

–Segur que tornarà, Jonàs. Ella i els llibres tornaran –em va dir el Nanuk amb els ulls brillants.

–Com n'estàs tan segur? –vaig preguntar-li.

–Amb la Lluna, com en els contes, tot és possible –va fer ell.

Jo me'l volia creure. Em vaig tornar a mirar l'arbre i, per un moment, em va semblar veure una petita flor a la branca més alta, però no podia ser. Estava esgotat i la vista em feia pampallugues.

La Lina va posar la seva mà damunt la meva i va dir:

–La Lluna sap el que es fa. N'estic segura.

Em va acompanyar a casa i la vaig convidar a prendre un got de llet amb cacau. Estava desvetllat i sabia que aquella nit no podria aclucar l'ull. Ella va agafar el got calent amb les mans i va sospirar.

Per primera vegada la vaig mirar als ulls sense por i vaig dir:

–Lina, et vull explicar una història.

–Ja ho sé –va murmurar, com si fes molt de temps que esperava aquell moment–. T'escolto.

Jo vaig tancar els ulls un instant per trobar aquelles paraules que havia guardat tant de temps i vaig començar:

–Aquesta història em va succeir de veritat, veritat...

20
La història de la Itsar

Aquesta història em va succeir de veritat, veritat. Paraula per paraula.

Vaig començar a treballar a la biblioteca molt jove. Els meus pares havien mort en un accident. Estava sol al món. Em vaig agafar a la primera feina que vaig trobar. Aleshores només pensava a recollir diners per comprar-me un cotxe i viatjar a països exòtics, lluny de Bufapolls. De fet, els llibres no m'interessaven gaire.

Una nit va aparèixer a la porta de la biblioteca una dona misteriosa. Tenia els cabells llargs, la pell blanca i els ulls negres. Venia de molt lluny i estava esgotada. La vaig acollir. Quan es va refer, em va començar a contar històries i em va encisar amb la seva veu. Era la Itsar.

Les històries que em contava eren... com ho puc dir... eren... tendres i inquietants, dolces i esgarrifoses, colpidores com un cop de puny i amoroses com un balancí... I la seva veu feia que tot allò que contava fos tan real com la mateixa realitat. O més. Em fascinaven tant que vaig decidir escriure totes aquelles històries per no perdre-les, i també en vaig començar a llegir moltes altres.

Vam passar moltes nits junts i ens vam estimar.

Un dia, just en el lloc on sèiem junts, al centre de la sala, on m'explicava les històries, hi van aparèixer unes arrels. Mai no havia vist res semblant. No ho entenia.

Ella em va dir que les bones històries eren com llavors, que podien prendre vida en qualsevol moment. Que una història et podia fer néixer, et podia fer créixer.

Jo l'escoltava. I m'ho creia. Mai no havia cregut res amb tanta passió. Mai no havia estat tan feliç.

Amb el temps, aquelles arrels es van convertir en un arbre.

Un petit arbre, sol i despullat.

Un dia ella va marxar. El seu món la cridava. No podia viure més temps lluny dels seus. No era una criatura del tot humana, saps? Mai no vaig saber d'on venia ni on anava. Ni on buscar-la, tampoc. No la vaig veure mai més.

Al principi em sentia perdut sense ella, però després em vaig mirar l'arbre.

L'arbre. Vaig pensar a anar-lo a plantar al bosc, però l'hivern començava i em va esgarrifar la idea que pogués morir de fred. Aleshores vaig entendre que, si les històries havien fet néixer l'arbre, eren les històries, també, el que l'arbre necessitava per créixer. I vaig envoltar l'arbre de llibres i històries. Al principi venien molts nens, i jo intentava explicar les històries que m'explicava la Itsar, però el meu cor patia. La meva veu es va anar tornant feble i em cansava. Els nens van deixar de venir i jo em vaig convertir en un home malhumorat i solitari. Els meus únics amics eren els llibres, i el record de la Itsar era cada vegada més llunyà.

Fins la nit que va aparèixer la Lluna enmig de la neu i em va demanar per l'arbre de les històries.

Aquella nit tot va tornar a trontollar.

La Lluna em va despertar el record de la Itsar i em va sacsejar els sentits.

Amb ella, d'alguna manera, la màgia havia tornat a la biblioteca.

I les preguntes, també. Qui és? D'on ve? Coneix la Itsar?

De tot això, no en sé res.

Però la Lluna m'ha revelat una cosa que era davant meu i que jo no era capaç de veure. Ara sé que hi ha algú al meu costat que m'estima.

Tu, Lina.

I això m'ha tornat la vida.

La Lina tenia els ulls humits i els llavis tremolosos.

Jo li vaig agafar la mà i li vaig fer un petó als llavis, suau i fi com una carícia.

21
Tot esperant la Lluna

Tots van marxar, però jo em vaig quedar allà, dalt de l'arbre.

No ho sap ningú. Aquella nit no vaig dormir ni una gota, ni mitja, res. Em vaig quedar abraçat a la branca de l'arbre on s'estirava la Lluna.

Em vaig prometre no baixar de l'arbre per a res fins que ella no tornés. Ni per beure aigua, ni per fer pipí, ni per menjar olives (el Juli em dirà que això no s'ho creu, però no m'importa). No baixaria encara que els meus pares tanquessin el bar i em trobessin a faltar. No podia deixar de pensar en ella.

Havia resseguit l'escorça de l'arbre racó a racó per trobar-hi la porta secreta. Si els llibres hi havien entrat, hi havia d'haver algun forat, però no hi vaig trobar ni una escletxa.

La branca feia olor de Lluna. Vaig recordar el dia que vam passar junts llegint a la biblioteca. (No ho volia explicar, m'ho volia guardar només per a mi, però forma part de la història.) Ella llegia un llibre i jo vaig seure a la branca del costat amb un altre llibre. No la volia destorbar. Semblava una nimfa, amb aquella mirada entremaliada. Ella balancejava els peus nus en l'aire. Jo em vaig posar a llegir al seu costat. Els dos respiràvem el mateix silenci. Era estrany i agradable. Vaig girar el cap un moment i les nostres galtes es van trobar. Ella em va somriure i jo em vaig empassar els pensaments. Si ella hagués estat el meu gat li hauria fet mil petons. Si ella hagués estat un pastís de xocolata, me l'hauria menjada, però...., glups...., no sabia què fer i vaig tornar els ulls cap al meu llibre.... com si res. (Si el Juli hagués vist la cara de tomàquet bullit que feia, encara el sentiríem riure.) Ara, això és un record que no vull oblidar.

Els records van desfilar tota la nit per davant meu. La nit era freda com un gelat, i els records eren la meva estufa.

Es feia de dia i vaig alçar la vista. Les branques, damunt meu, feien una teranyina sobre el blau del cel. I aleshores vaig veure aquells pètals blancs, uauuuu, i em vaig quedar embadocat com un babau.

«Quan floreixi l'arbre tindrem els llibres», havia dit la Lluna.

Volia baixar de l'arbre, volia córrer per avisar el Jonàs, però una veu em va dir des de baix:

—Nanuk, sóc jo, he tornat.

—Lluna, on eres?

—Vés a buscar el Juli i la Lina. Us vull ensenyar una cosa. Jo avisaré el Jonàs.

Em va alegrar tant tornar-la a veure que no em vaig adonar que ella estava a punt de desfer-se.

22

L'arbre florit

Em va despertar una olor de molsa i pluja. La mateixa olor que feia la biblioteca quan hi vivia la Lluna.

Vaig obrir els ulls i ella era allà.

La vaig abraçar.

La Lluna somreia, però la seva pell era grisa com la cendra.

–Lluna, que no et trobes bé? Què tens?

–Després t'ho explicaré, però ara t'haig d'ensenyar una cosa molt important, segueix-me.

La vaig seguir fins al jardí.

Fins a l'arbre.

L'arbre havia florit!

El mateix arbre de la biblioteca que mai no havia fet cap flor ara estava cobert de pètals blancs com la neu. Era un prodigi de la naturalesa. El vaig contemplar amb astorament i admiració. I si alguna vegada havia pensat que ja res em lligava a la vida, ara sentia tot el contrari. El cor se'm va omplir de força i vaig somriure com feia molt de temps que no ho feia.

–Jonàs, aquest és l'arbre de les històries, i la nova biblioteca, també –va dir la Lluna.

–L'arbre? Però on són els lli...?

–No diguis res, Jonàs. Ara vindran la Lina, el Juli i el Nanuk, i sabreu tot el que jo sé de la meva història.

–D'acord, Lluna.

23
L'arbre de les històries

Aviat vam ser tots al peu de l'arbre.

Els dies s'havien allargat i el cel estava ple de núvols esponjosos, com muntanyes de nata i maduixes.

De sobte, ens va embolcallar un silenci ple de màgia i misteri, i un eixam de lluernes va cobrir el tronc de l'arbre.

La Lluna va acaronar el tronc amb la seva mà i les lluernes van dibuixar una porta, que es va obrir per donar pas a una llum càlida.

–Seguiu-me –va dir la Lluna.

Vam entrar dins l'arbre i vam baixar per unes

escales de cargol fins arribar a un espai acollidor, ple de coixins i llibres sota la llum de les espelmes.

Tots els llibres de la vella biblioteca eren allà, posats en prestatgeries de fusta, per terra o per damunt dels coixins. Oberts o tancats. Tímids i intrèpids. Tendres i cruels. Agosarats i mandrosos... Fossin com fossin, els meus amics més fidels.

L'arbre havia acollit amb el cor totes les històries.

I en un racó, més enllà, vaig veure el meu bagul, intacte.

Vaig entendre que la Lluna era una criatura fantàstica amb una missió per complir. Vaig entendre allò que deia la Lina: "si ha vingut, deu ser per alguna cosa, acull-la i confia".

El Juli i el Nanuk s'havien quedat sense paraules.

La Lina tremolava d'emoció, i no sé per quins designis vaig sentir l'impuls d'abraçar-la i acollir-la entre els meus braços per sempre.

Tenia tantes coses a dir-li!

La Lluna seia damunt el bagul amb els ulls boirosos i ja no somreia.

Em vaig alarmar. Tremolava com una fulla.

Es va treure una carta de la butxaca i me la va allargar:

–Jonàs, això és per a vosaltres. Jo ara haig de marxar i no podré tornar.

La Lluna es va aixecar per enfilar les escales, i el Nanuk va cridar:

–Ni parlar-ne, Lluna, no deixarem que marxis.

–Ho sento, Nanuk...

–No, Lluna, si us plau...

–Nanuk, jo no sóc pas tan important...

La veu de la Lluna es va trencar.

I tot va passar en un moment, en una respiració sostinguda, en un sol pensament, sense temps per aturar-ho.

La seva cara, els seus cabells, els seus braços es desdibuixaven, com si ella fos un dibuix i algú l'anés esborrant. Els ulls, els llavis i els dits s'esmicolaven en petits regalims de tinta. La panxa, les cames i els peus gotejaven com el glaç dins la nit.

Aquella visió ens va paralitzar els batecs, i un silenci fosc com la gola d'un llop ens va caure al damunt.

Davant nostre, on la Lluna acabava de pronunciar les seves últimes paraules, només quedava un petit bassal de tinta.

Vaig abraçar el Nanuk, i ell es va desfer en llàgrimes dins els meus braços.

El dolor ens va colpir tots els sentits.

24
La carta de la Lluna

Vaig llegir la carta de la Lluna amb el plor contingut a la nou del coll, bevent-me cada paraula com un licor, amarg i dolç a la vegada.

Jo llegia, però era la seva veu la que ressonava:

Us escric a vosaltres, Jonàs, Lina, Nanuk i Juli.

M'heu acompanyat fins l'últim dia i us vull explicar qui sóc i d'on vinc.

Vinc de molt lluny, d'un món fora de la Terra, fora de les coordenades habitables pels humans. Un món on veneren les històries i se n'alimenten.

D'un lloc on, si es deixen d'explicar històries, els personatges es van apagant fins que deixen d'existir.

Vinc, de fet, d'un llibre que porta per títol L'arbre de les històries. *Jo era simplement un dels personatges d'aquest llibre. La Itsar també ho era, Jonàs.*

La Itsar em va parlar de tu i de l'arbre. Crec que ella sabia tot el que passaria, perquè sovint em deia: «Lluna, si mai passa res, busca l'arbre de les històries».

L'únic exemplar que quedava d'aquest llibre era en una biblioteca d'una ciutat llunyana. Els personatges del meu llibre vivíem feliços fins que va venir un foc ferotge i el foc va cremar tots els llibres. Tots els personatges es van convertir en cendres.

Tots, menys jo.

Per sort aquell dia havia sortit del llibre. A vegades, de matinada, m'escapolia dels fulls i pujava a les golfes de la biblioteca per veure sortir el sol. Allò em va salvar, però tots el meus amics van morir.

Em vaig trobar perduda enmig de les cendres.

Aleshores vaig recordar les paraules que la Itsar em deia sovint: «Lluna, si mai passa res, busca l'arbre de les històries».

Vaig arribar a Bufapolls guiada per una veu interior que em repetia: «Busca l'arbre de les històries».

Sóc feta de tinta, jo, i les criatures com jo vivim només si formem part d'una història escrita, d'un llibre o d'un conte.

Fins ara encara em sentia viva, segurament formava part de la memòria d'algú que havia llegit el llibre. Ara sento que em desfaig per dins. És com un foc que em va consumint, i desapareixeré perquè ningú més no pot llegir la meva història. Però no us preocupeu per mi, moriré feliç perquè almenys vosaltres heu recuperat els vostres llibres.

Juli, no perdis mai la curiositat, sigui pels dinosaures o pel que sigui, faràs grans descobertes.

Lina, tens l'art a les mans, no deixis mai de pintar, els teus quadres veuen tot allò que no poden veure els ulls i diuen tot allò que no poden dir les paraules.

Jonàs, no tinguis por de tornar a estimar, les emocions són un regal de la vida.

I tu, Nanuk, t'asseguro que si hagués estat una nena com les altres hauria volgut tenir-te sempre al meu costat. Tens un gran cor i una gran riquesa: la imaginació. Deixa-la volar i et portarà lluny.

Lluna

25
Després de tot

Vaig plorar quan la Lluna va desaparèixer.

Vaig plorar abans d'escoltar la carta.

I després, també.

Molt.

Però, d'això, no en vull parlar.

Plorar no és pas dolent, ni vergonyós. Els grans fan veure que no ploren mai, i no és així. S'amaguen. Dissimulen. Jo vaig veure tres llàgrimes als ulls del Jonàs. Les llàgrimes li van entelar les ulleres. Ell es va eixugar els ulls i va dir que les espelmes li feien picor.

Tampoc no us ha de fer vergonya estimar. Jo estimava la Lluna. L'estimava, l'estimo.

Vaig parar de plorar perquè vaig sentir que havia de fer alguna cosa.

Les paraules de la Lluna em botaven dins el cervell:

Sóc feta de tinta, jo, i les persones com jo vivim només si formem part d'una història escrita, d'un llibre o un conte.

I aleshores el cor em va fer un salt i vaig cridar:

—Jonàs, ja ho tinc, és molt senzill!

I li vaig abocar la meva idea lluminosa:

—Hem d'escriure la història de la Lluna, la que nosaltres coneixem. Així, ella tornarà a viure.

—Escriure la història de la Lluna —va repetir el Jonàs, com si estigués mastegant les paraules per entendre-les.

I tot seguit vaig veure com els ulls del Jonàs s'il·luminaven.

Em va abraçar i em va dir que sí, que mai no havia tingut tantes ganes d'escriure una història.

Els llibres que teníem a tocar van aplaudir amb els fulls, clap-clap.

La Lina i el Juli van somriure emocionats.

Epíleg

Dies després, el Nanuk i jo vam començar a escriure entre tots dos la història de la Lluna.

Són aquests fulls que teniu entre les mans.

I ara que hem arribat al final només desitjo guardar aquestes pàgines dins el bagul del tresor i esperar.

Potser un dia, qui sap, el Nanuk i jo l'obrirem i trobarem la Lluna amb els seus ulls negres i el seu somriure de fada.

–Jonàs, i si ens trobem nosaltres mateixos? –fa el Nanuk–. Ara també som personatges, nosaltres.

Jo somric.

Seria realment estrany, però possible.

Com diu el Nanuk, en els contes tot és possible.

En tot cas, si la Lluna ens ve a veure li ensenyarem les paraules que hem escrit al tronc de l'arbre, damunt la porta de la nova biblioteca, perquè tots aquells que hi vulguin entrar les llegeixin:

Les històries prenen vida quan les llegim amb el cor, quan ens fan créixer, quan sentim que ja no som els mateixos abans de llegir-les que després i portem els personatges d'aquella història sempre més amb nosaltres.

Com la Lluna.

Hola

ÍNDEX